Bora prosear um pouco?

FEMINISMO NOSSO DE CADA DIA

KAROLZINHA DA SILVA

TEMPORADA

Copyright © 2021 by Editora Letramento
Copyright © 2021 by Karolzinha da Silva

Diretor Editorial | **Gustavo Abreu**
Diretor Administrativo | **Júnior Gaudereto**
Diretor Financeiro | **Cláudio Macedo**
Logística | **Vinícius Santiago**
Comunicação e Marketing | **Giulia Staar**
Assistente Editorial | **Matteos Moreno e Sarah Júlia Guerra**
Designer Editorial | **Gustavo Zeferino e Luís Otávio Ferreira**
Capa | **Carol Palomo**
Revisão | **Ana Duarte**
Diagramação | **Isabela Brandão**

Todos os direitos reservados.
Não é permitida a reprodução desta obra sem
aprovação do Grupo Editorial Letramento.

Dados Internacionais de Catalogação na Publicação (CIP) de acordo com ISBD

S586b	Silva, Karolzinha da
	Bora prosear um pouco: Feminismo nosso de cada dia / Karolzinha da Silva. - Belo Horizonte : Letramento ; Temporada, 2021.
	82 p. ; 14cm x 21cm.
	ISBN: 978-65-5932-041-7
	1. Feminismo. 2. Mulher. 3. Diálogo. 4. Sororidade. 5. Empoderamento. 6. Representatividade. 7. Vivência. 8. Partilha. 9. Empatia. 10. Bom humor. 11. Acolhimento. 12. Amor-próprio. 13. Igualdade de gênero. 14. Reflexão. I. Valentin, Heitor. II. Título. III. Série.
2021-1668	CDD 305.42
	CDU 396

Elaborado por Vagner Rodolfo da Silva - CRB-8/9410

Índice para catálogo sistemático:
1. Feminismo 305.42
2. Feminismo 396

Belo Horizonte - MG
Rua Magnólia, 1086
Bairro Caiçara
CEP 30770-020
Fone 31 3327-5771
contato@editoraletramento.com.br
editoraletramento.com.br
casadodireito.com

Grupo Editorial **LETRAMENTO**

TEMPORADA

Temporada é o selo de novos autores do
Grupo Editorial Letramento

*Para todas as mulheres
que levantaram seu punho, sua voz,
e não estão mais entre nós.*

Quando uma pessoa vive de verdade,

todos os outros também vivem.

Clarissa Pinkola Estés

Nota da Autora

Esta é uma nota de desrecomendação.

Pois bem. Se você é misógino, não leia este livro. Se você é machista e acha isso bonito, não leia este livro. Se você acha que feminismo (movimento filosófico, social e político que luta pela igualdade de direitos e oportunidades entre mulheres e homens) é mimimi, não leia este livro. Se você é conservador e defensor da moral e dos bons costumes, não leia este livro. Sério!

Se você não tem senso de humor, por favor, passe bem longe deste livro.

Se você é uma pessoa: mulher, homem, cis, trans, intersexual, não-binária, homo, hétero, bi, pan, assex, mais (sintam-se todes acolhides, meus amores), e está interessada em conhecer um pouquinho do universo feminino, na minha humilde e abestada visão, leia este livro, devore este livro, de cabo a rabo, tenha orgasmos múltiplos de tanto rir. Ou não.

Você também terá o prazer de conhecer dois personagens, Fulanete e Fulanin, que aparecerão nos momentos em que você mais precisar. Acredite.

Boa diversão!

Ah,

Só avisando,

Pode ser que em alguns momentos caiam ciscos nos seus olhos.

Bora lá?

Tudo bem não ser

— Não gosto de feminista.
— Eu sou feminista.
— Sério? Não parece.
— Por quê?
— Porque você se depila.
— Então, o feminismo te permite escolher entre se depilar ou não.
— Ah, para com isso! Você se maquia.
— Sim. O feminismo te permite escolher entre se maquiar ou não.
— Mas você fala que quer ser mãe um dia.
— Sim. O feminismo te permite escolher entre querer ser mãe ou não.
— Eu não sou feminista.
— Tudo bem. O feminismo te permite escolher entre ser feminista ou não.
— Legal. Fala um pouco mais sobre o feminismo...

Tá de TPM?

— Como foi seu dia?
— Péssimo!
— O que aconteceu?
— Meu chefe me chamou de burra no trabalho.
— Isso é assédio moral!
— Fiquei tão nervosa que comecei a chorar de raiva.
— Poxa, amiga.
— E pra piorar, ele perguntou se eu estava de TPM.
— E o que você fez?
— Respondi que sim.
— Você tá de TPM?
— Claro, sofro de Tensão Pré-Machão. Só de pensar que tenho que conviver com machistas o tempo inteiro, meus hormônios vão a mil!

E aí, já casou?

— O que fez no fim de semana?
— Visitei meus parentes que moram no interior.
— Se divertiu?
— Mesmo papo de sempre: "e aí, já casou?".
— Conheço essa história.
— Aquela mesma ladainha: "vai ficar pra titia".
— Sim, ainda bem que já sou tia.
— Ou então: "desse jeito vai ficar sozinha com um monte de gatos".
— Ainda bem que amo gatos.
— Eu também.
— Não sei de onde esse povo tira que tá ofendendo.

O que vem de macho...

— Vi o Denis no shopping terça passada.
— O seu ex?
— Sim. Dei de cara com ele na praça de alimentação.
— Vocês se falaram?
— Pouco, mas o suficiente pra nutrir o ranço.
— O que ele disse?
— Que eu estava mais gordinha, diferente…
— Você ficou chateada?
— É como diz aquele ditado, o que vem de macho…
— O coração não sente.

Que roupa era aquela?

— Você viu a roupa daquela senhora que passou?
— Vi sim.
— Que roupa era aquela?
— Uma blusinha verde e uma saia jeans.
— E o decote?
— O que tem o decote?
— Não estava aberto demais?
— Não.
— Não acho que é roupa de senhora vestir.
— Se é roupa e serve na senhora, então é roupa de senhora vestir.
— Faz sentido.

Como assim não quer ser mãe?

— Queria ter um monte de filhos pra montar um time.
— Valha-me Deus!
— Você não?
— Não tenho vontade de ter filhos.
— Como assim não quer ser mãe?
— Não querendo.
— Aposto que nunca segurou um bebê no colo.
— Segurei sim.
— E não sentiu nada?
— Bebês são fofos.
— Tá vendo? Um dia você vai querer ter o seu.
— Ou não.

Não tá exagerando?

— Sabe o Juninho?
— Da academia?
— Isso. Ele veio falar comigo hoje.
— Te chamou pra sair?
— Perguntou se eu não estava exagerando.
— Exagerando no quê?
— No treino de musculação.
— Não acredito!
— Além disso, completou dizendo que me acha gata, mas se continuar nesse ritmo, vou ficar toda masculinizada.
— E o que você respondeu?
— Reveja seus conceitos, parça.

Era um biquíni...

— Não vejo a hora de chegar o feriado.
— Vai passear?
— Vou à praia.
— Que delícia!
— Até comprei um biquíni novo.
— Por que não comprou um maiô?
— E por que eu compraria um maiô?
— Ah, acho que cobre mais.
— Cobre mais o quê?
— As nossas gordurinhas.
— Comprei biquíni pra mostrar mesmo.
— Você não tem vergonha?
— De ser gostosa?

O que você queria ser?

— O que você queria ser quando era criança?
— Um monte de coisa, hein.
— Por exemplo?
— Cantora, atriz, professora, médica, bombeira...
— Bombeira? Isso não é profissão de homem?
— E existe isso?
— Acho que não.
— Nunca entendi o que pênis e vagina têm a ver com profissão.
— Nem eu.
— E você? Queria ser o quê?
— Nada.
— E agora?
— Tudo.

Tinha que ser mulher

— Ontem quase bati o carro.
— Caramba! Você tá bem?
— Sim. A pior parte foi em casa.
— O que aconteceu?
— Tive que ouvir comentários do tipo: "tinha que ser mulher mesmo!"
— Quem disse isso?
— Meu irmão. E ainda se ofereceu pra me dar umas aulas.
— Você dirige super bem!
— Exatamente. Por isso ofereci a ele umas aulas também.
— De volante?
— Aulas de como não ser babaca com uma motorista mulher que quase bateu o carro porque um motorista homem apressadinho avançou o sinal vermelho.

Meu namorado não deixa

— Olha que charme esse batonzinho que eu comprei.
— Bonito mesmo.
— Você não usa mais maquiagem?
— Meu namorado não deixa.
— Como assim não deixa?
— Ele tem ciúme das minhas roupas, das minhas amizades…
— Parece que você tá em um relacionamento abusivo.
— De onde você tirou isso? O Paulo é um amorzinho!
— Depois de agredir, eles viram "anjinhos" mesmo.
— Ele não me bate não!
— E a violência psicológica não conta?
— E você acha que eu devia fazer o quê?
— Calma. Você não precisa fazer nada agora.
— Desculpa, fiquei nervosa. Obrigada por abrir meus olhos.
— Conta comigo.

Você dança funk?

— Você dança funk?

— Danço sim.

— Jura?

— Acho divertido.

— Acho que não pega bem.

— Rebolar até o chão?

— Não, boboca. Eu me refiro às letras que diminuem as mulheres.

— Ah, eu seleciono as músicas que eu escuto. Há outros estilos musicais que depreciam a imagem da mulher também.

— Sim, o sertanejo, por exemplo.

— Todos os estilos, mana.

— Menos a MPB.

— Inclusive a MPB.

Você gosta?

— Você gosta de se ver nua?
— No banho?
— Na frente do espelho.
— Pra quê?
— Pra conhecer melhor o seu corpo.
— Não muito.
— Por quê?
— Eu engordei depois da gravidez. Sem falar das cicatrizes, varizes, celulites...
— Tudo isso faz parte da sua história.
— Como assim?
— As cicatrizes simbolizam o nascimento do seu filho, as varizes simbolizam as suas batalhas do dia a dia...
— E as celulites?
— Bom, as celulites simbolizam tudo de gostoso que você já comeu.
— Hahaha! Preciso ir embora, depois te conto.
— Conta o quê?
— Se eu gostei de me ver nua no espelho.

Que vergonha!

— O Caio tá espalhando umas coisas sobre mim.
— Que coisas?
— Tenho até vergonha de dizer.
— Pode confiar em mim.
— Que eu sou vadia, mulher fácil,
que dá no primeiro encontro.
— Você está sendo vítima de *slutshaming*.
— Aff Maria! O que é isso?
— É quando somos ridicularizadas por
conta da nossa vida sexual.
— Não sabia que isso tinha nome.
— Você me promete uma coisa?
— O quê?
— De modo algum se sinta mal pelas coisas que você fez.
O corpo é seu e você é livre pra fazer o que quiser com ele.
— Sim, prometo.
— Você tem o direito de ser feliz.
— E de gozar.

É nosso direito

— E como tá sua irmã?
— Não muito bem.
— Teve complicações no parto?
— Não, mas ficou bem assustada porque teve que entrar na sala sozinha.
— Sua mãe não estava no hospital com ela?
— Estava sim.
— E por que ela não entrou?
— Porque não deixaram.
— É nosso direito ter um acompanhante.
— É?
— Sim. A lei do acompanhante diz que nós podemos ter um acompanhante de nossa escolha, antes, durante e depois do parto.
— Poxa! Eu não sabia disso, deveria ter me informado antes.
— Não se culpe.
— Bom, agora já foi.
— Se você quiser, nós podemos fazer uma denúncia e evitar que mais mulheres tenham seus direitos violados nesse hospital. O que acha?
— Ótima ideia!

Você é uma deusa

— Ficou fabuloso esse penteado!
— Eu não gosto do meu cabelo.
— Por quê?
— Não sei.
— Alguma vez você parou pra pensar por que não gosta?
— Lembro que meus colegas da escola diziam que meu cabelo era ruim.
— Sinto muito você ter passado por isso. Então, será que é você que não gosta do seu cabelo? Ou fizeram você acreditar nisso?
— Pode ser.
— E outra, sofrer preconceito por ter cabelo crespo é racismo.
— Verdade. Achei que era porque meu cabelo era feio.
— Não diga isso. O seu cabelo é lindo!
— Obrigada, amiga.
— Não tem nada de errado com o seu cabelo, viu?
— Vi.
— Você é uma deusa!

Não somos inimigas

— Descobri que o Pedro tem uma amante.
— Eita! O que você vai fazer?
— Vou sentar a mão na fuça dela!
— Você acha que a culpa é dela?
— Você acha que não?
— Fomos ensinadas a sermos inimigas umas das outras, os homens são sempre os coitadinhos nessa situação.
— Você tá certa. Não sei o que devo fazer.
— Pensa no que é melhor pra você, mana.
— Pelo menos de uma coisa eu sei.
— O quê?
— Não somos inimigas.

Que mania chata

— Que mania chata as pessoas têm...
— Qual?
— De chamar os outros de filho da puta quando estão nervosas.
— Como se puta fosse xingamento.
— No Nordeste chamam de filho de rapariga.
— Como se rapariga fosse xingamento.
— E quando querem pegar leve chamam de filho da mãe.
— Como se mãe fosse xingamento.
— Isso é uma heresia!
— É uma benção sair de uma mulher!

Mulher-macho?

— Mulher-macho pra mim não é elogio.
— Oxi! Nem pra mim!
— O que valentia tem a ver com ser macho?
— O que bravura tem a ver com ser macho?
— Desde quando força é característica exclusiva do sexo masculino?
— Desde quando coragem tem pinto?
— Somos mulher-fêmea!
— Mulher com M maiúsculo.
— Fêmea com F maiúsculo.
— Com muito orgulho!

Tô de Chico

— Vamos sair mais tarde?
— Não tô muito a fim.
— Ah, que pena!
— É que tô de chico.
— Você tá menstruada?
— Sim.
— Sabia que a palavra "chico" significa "porco" no português de Portugal?
— O quê?
— Estar de chico significa estar suja.
— Credo! Que nojo!
— De menstruar?
— Não, boba. Dessa expressão horrorosa!
— Eca!

Ai, que dor!

— Ai, que dor! Tem remédio pra cólica aí?
— Tenho lá no quintal. Um minutinho...
— Que isso?
— Camomila.
— Obrigada, mas e o remédio?
— Ah, sim. Coloque duas colheres de chá de flor de camomila em um recipiente e adicione 250 ml de água fervida pra fazer a infusão. Só coar e beber três vezes ao dia.
— Camomila é bom pra cólica?
— É bom pra tudo, mulher! É uma das ervas mais usadas na ginecologia natural.
— Que máximo!
— Pode parecer uma planta frágil, mas representa o nosso poder de cura. Matricaria, que é o nome oficial da bichinha, significa útero.
— Que lindo!
— Demais!
— Tá bem, você me convenceu. Bora colocar água pra esquentar?
— É pra já!

Mais que amizade

— Você conhece a palavra sororidade?
— Acho que já ouvi em algum lugar.
— É a união entre as mulheres.
— Tipo amizade?
— É muito mais que amizade, é irmandade.
— Que bonito!
— Sabe o que é mais bonito?
— O quê?
— Ver isso na prática.
— E como a gente vê?
— Eu vejo isso todos os dias: você me escuta, se coloca no meu lugar, não me julga, me apoia nos meus projetos... É uma verdadeira irmã!

Superpoderes

— Se você tivesse um superpoder, qual seria?
— Invisibilidade pra poder andar segura na rua.
— Como seria pegar o metrô sem ser assediada?
— Seria um sonho.
— Seria o nosso sonho.
— E o seu superpoder, qual seria?
— Eu queria voar.
— Você já voa.
— Você acha?
— Tenho certeza.
— Muito bom ouvir isso.
— E vai voar mais alto do que imagina.

Somos demais

— Não gosto muito que me chamem de linda.
— Qual o problema?
— Eu sei que eu sou linda, é que eu sou muito mais.
— Entendo.
— As pessoas acham que elogiar mulher é chamar de linda.
— É mesmo.
— Como se esse fosse o melhor elogio do mundo.
— Até parece.
— Adoro quando elogiam minha personalidade.
— Eu também.
— Mulher, amo sua segurança, me deixa mais solta e confiante.
— Mulher, amo seu bom humor, ilumina meus dias sombrios.
— Você é demais!
— Somos demais!

Se Deus fosse Deusa

— O que é Deus pra você?

— Uma energia maravilhosa que está em todo lugar.

— Se Deus fosse uma figura humana, como você acha que seria?

— Uma mulher. E você?

— Uma mulher negra.

— Uma mulher negra e pobre.

— Uma mulher negra, pobre e gorda.

— Uma mulher, negra, pobre, gorda e de cabelo azul.

— De cabelo azul?

— Sim. Não somos sua imagem e semelhança?

— Verdade. Assim você se sentiria representada.

— Já pensou quantos perderiam sua fé se Deus fosse mulher?

— Já pensou quantas despertariam sua fé?

Quem cala consente

— A Maria do Socorro tá apanhando do marido.
— A moça que trabalha na farmácia?
— Sim.
— Nossa!
— Todo mundo na minha rua tá comentando.
— Comentando o quê?
— Que presenciaram brigas horríveis.
— E denunciaram?
— Ela tá casada porque quer.
— Não é tão simples assim.
— Acho que se ela quisesse, ela mesma denunciaria.
— Quem cala consente.
— É como diz o ditado, em briga de marido e mulher...
— A gente disca 180.

Bate um desânimo

— Tem horas em que bate um desânimo...
— Também ando me sentindo exausta.
— Não é por acaso que as mulheres têm mais depressão que os homens.
— Deve ser por causa dessa vida corrida que a gente leva. Cuidando de todo mundo, mal sobra tempo pra cuidar da gente.
— Será que a gente tem depressão?
— Tem que procurar ajuda profissional pra saber.
— A gente pode ir um dia na psicóloga.
— Vai ser bom, só pra tirar a dúvida.
— Agora, de uma coisa eu tenho certeza.
— Do quê?
— Foi um alívio saber que eu não sou a única que se sente assim.
— Nem me fale, amiga.
— Vamos conversar mais vezes?
— Vamos sim.

Não é lugar pra gente

— O quê? Só 15% das vagas são ocupadas por mulheres no Congresso?
— Você acha pouco?
— Óbvio! Mais da metade da população brasileira é mulher.
— Política não é lugar pra gente.
— Por que não?
— É um ambiente muito hostil.
— E quem vai nos representar?
— Os homens mais engajados.
— Engajados com o quê?
— Com a causa feminina.
— Ah é? Pode me dar alguns exemplos de homens que entendam as nossas necessidades melhor do que nós mesmas?
— Não me vem nenhum nome na cabeça agora.
— Que coisa, não?

Vou dar uma olhadinha

— Você já sabe em quem vai votar?
— Naquele candidato que tá liderando as pesquisas.
— Você viu o que ele pensa sobre as mulheres?
— Ele disse na propaganda que defende a mulher.
— Você viu isso no plano de governo dele?
— Não vi não.
— Pois é, mana. Você não viu porque não tem. Uma coisa é falar, outra coisa é ter proposta de verdade.
— As outras opções não me agradam muito. Cansei desses partidos.
— Posso te dar uma dica?
— Pode.
— Cuidado com as fake news. Pesquise. Vote em uma mulher comprometida com a causa da mulher. Nós sabemos do que precisamos.
— E tem mulher se candidatando?
— Estamos aumentando a cada eleição que passa. Hoje temos Erica Malunguinho, a primeira deputada trans, negra e nordestina eleita no país.
— Que massa! Vou dar uma olhadinha.

Por que, então?

— Estamos em pleno século XXI...
— E?
— Continuamos ganhando menos que os homens.
— Em cargos de liderança?
— Em todos os cargos.
— Por que trabalhamos menos?
— Não, trabalhamos mais.
— Por que estudamos menos?
— Não, estudamos mais.
— Por que não lidamos bem com a pressão?
— Não, lidamos bem melhor.
— Por que, então?
— É simples, porque somos mulheres.
— E isso é motivo pra ganharmos menos?
— Não.
— Por que, então?

Sou uma fraude

— Às vezes me pergunto como eu cheguei até aqui…
— Aqui onde?
— Na gerência. Quem falou que eu consigo?
— Você é supercompetente!
— Eu tive foi sorte.
— Você se dedicou, disputou essa vaga, fez faculdade…
— E se eles descobrirem meu segredo?
— Qual segredo?
— Que sou uma fraude! Não sei o que estou fazendo…
— Você é a melhor chefe que eu já tive!
— Não me sinto boa o bastante.
— Já ouviu falar da síndrome da impostora?
— Tem a ver com baixa autoestima, né?
— Sim. Tem a ver com não se sentir capaz de ocupar espaços tradicionalmente vistos como masculinos.
— Tipo cargos de liderança?
— Tipo.
— E tem cura?
— Eu creio que sim. E vamos encontrá-la juntas!
— Amém!

Você não pode fazer isso

— Tô grávida.
— E agora?
— Acho que vou interromper.
— Você não pode fazer isso!
— Não me sinto pronta. Tô vivendo uma fase terrível!
— A gente nasce pronta pra ser mãe.
— Não é verdade!
— Ai, amiga. Pensasse nisso antes…
— Você não tá ajudando muito.
— E o que você esperava?
— Sei lá. Eu sei que é uma decisão minha, mas pensei que você poderia pelo menos me ouvir sem me julgar.
— Desculpa. Eu me assustei com a notícia.
— Tudo bem.
— Podemos começar de novo?
— Sim.
— O que você tem?
— Tô grávida.
— Me diz como você tá se sentindo…

SÓ PRA DESCONTRAIR

— Nossa, Fulanete!

— Que foi, Fulanin?

— Já faz quatro anos.

— Que o quê?

— Você tá escrevendo esse livro.

— Só me resta esperar, alegre como uma garotinha.

— Inspiração?

— Não. Você começar a cuidar da sua vida!

Mulher sangra

— É da natureza da mulher sangrar?
— É o que dizem.
— Por isso sangramos nas ruas, nas escolas, nos serviços...
— Dentro das nossas próprias casas.
— É normal.
— Ninguém se espanta mais.
— Sangrei pra virar mocinha.
— Sangrei pra virar mulher.
— Essa é a nossa sina.
— Esse é o nosso destino.
— Sangramos no parto pra gerar a vida de outro alguém.
— Sangramos no leito da nossa própria morte também.

SÓ PRA DESCONTRAIR

— Já pensou em tirar o buço, Fulanete?
— Claro que não, Fulanin.
— Tá precisando!
— Por que raios eu ia querer tirar meus peitos?
— Buço é bigode, criatura.
— Por que raios eu ia querer tirar meu bigode?

Tá diminuindo?

— Ainda bem que a violência contra a mulher está diminuindo.

— Você acha mesmo?

— Você não acha?

— Só se for das mulheres brancas.

— Como assim?

— A violência contra as mulheres negras está aumentando.

— Tá?

— São as que mais sofrem violência doméstica.

— São?

— E as principais vítimas de feminicídio.

— Não sabia.

— Não temos o que comemorar.

SÓ PRA DESCONTRAIR

— Toda felicidade do mundo, Fulanete!
— Pra quem, Fulanin?
— Pra mamãe e o bebê!
— Que mamãe? Que bebê?
— Você não tá grávida?
— Nunquinha.
— E essa barriguinha, Fulanete?
— É de quem está alimentada e satisfeita, obrigada.

Pensei que tinha melhorado

— Lésbicas sofrem muito preconceito.
— Pensei que tinha melhorado.
— As pessoas te pressionam pra "sair do armário"?
— Não.
— Sua família apresenta seu namorado como seu amigo?
— Não.
— Você anda de mãos dadas com o seu namorado na rua?
— Sim.
— Você beija o seu namorado em público?
— Sim.
— E as pessoas ficam encarando vocês?
— Não.
— Consegue imaginar alguém te olhando feio porque você está feliz?

SÓ PRA DESCONTRAIR

— Não acredito que voltou essa moda.
— Por que, Fulanin?
— Pochete é muito brega!
— As pessoas são livres pra usar o que quiserem.
— Sim, mas...
— Ser brega é revolucionário!

E as indígenas?

— As mulheres indígenas precisam ser vistas.
— As mulheres indígenas precisam ser ouvidas.
— Também têm seus direitos violados.
— Também sofrem violência doméstica e sexual.
— São as que mais lutam pela demarcação de terras.
— São guerreiras da vida real que protegem as florestas.
— Ninguém vê isso nas notícias.
— Ninguém fala sobre isso em casa.
— A gente segue com as nossas pautas...
— E elas continuam marginalizadas.

SÓ PRA DESCONTRAIR

— Olha isso, Fulanete. Que sem-vergonhice!
— O quê?
— Essas mulheres falando de sexo na TV.
— Olha isso, Fulanin. Que pouca-vergonha!
— O quê?
— Você sendo moralista de novo.

É muito grave

— A cada 8 minutos uma mulher é estuprada.
— Isso só no Brasil, né?
— É um absurdo!
— É muito grave!
— E a maioria dos casos acontece dentro de casa.
— Com crianças e adolescentes.
— Abusadas pelos pais, padrastos, avôs, tios…
— Não é um problema das mulheres.
— É um problema dos homens.
— É um problema de toda a sociedade.

SÓ PRA DESCONTRAIR

— Ô Fulanin, você acredita no Joel?
— Que Joel?
— O verdadeiro Papai Noel.
— Aquele que só liga na noite de Natal?
— Sim.
— Que promete presente e nunca tá presente?
— Sim.
— Ouvi dizer que ele tem pavor de criança.
— Foge da paternidade como o diabo foge da cruz.

Maria da Penha

— Maria da Penha é um símbolo de resistência.
— Por causa da sua luta, hoje existe a lei pra nos proteger.
— Maria sobreviveu a duas tentativas de feminicídio.
— Ficou paraplégica após levar um
tiro do ex-marido nas costas.
— Pouco se fala que a lei é referência a
uma mulher com deficiência.
— Porque as mulheres com deficiência são apagadas.
— Além do machismo, elas enfrentam o capacitismo.
— A invisibilidade também mata.
— O que temos feito pra mudar isso?

SÓ PRA DESCONTRAIR

— Que pernas são essas?

— São as pernas que Deus me deu.

— Estão peludas, Fulanete!

— São as pernas que Deus me deu, uai.

— Que coisa feia!

— Sabe o que é feio, Fulanin?

— Sei, sei… ficar dando opinião.

Não é possível

— Você se lembra do caso da Quelly da Silva?

— Não muito bem.

— A história muito triste de uma travesti de 35 anos que foi assassinada em São Paulo. O autor do crime arrancou o coração da Quelly e ainda colocou a imagem de uma santa no lugar.

— Que horror! Não é possível!

— O Brasil é o país que mais mata pessoas trans no mundo.

— Não é possível!

— A cada 48 horas uma pessoa trans é assassinada.

— Não é possível!

— Em 2020, todas as vítimas foram mulheres trans e travestis.

— Não é possível!

— Infelizmente é sim. Acontece o tempo todo.

— Precisamos mais do que nunca cuidar umas das outras.

— Precisamos mais do que nunca de políticas públicas.

SÓ PRA DESCONTRAIR

— Você vai sair assim?

— Assim como, Fulanin?

— Com essa saia?

— Por quê? Vai falar que achou vulgar?

— Não, Fulanete. Achei um arraso!

— Oi?

— Xadrez é um clássico!

Marielle vive!

— Que dia é hoje?
— 14 de março.
— Há três anos perdemos Marielle Franco.
— Uma liderança única…
— Brutalmente assassinada.
— Morreu por representar as mulheres.
— Morreu por representar as pessoas negras.
— Morreu por representar a comunidade LGBT+.
— Morreu por representar os pobres.
— Morreu por representar as periferias.
— Morreu por representar as favelas.
— Marielle não morreu, tornou-se semente!
— Para sempre: Marielle, presente!

SÓ PRA DESCONTRAIR

— Fulanin, conhece a história do Zezito?

— Que Zezito?

— O ômi feministo.

— Conheço não.

— É um ser mítico que defende as mulheres quando convém.

— Como assim?

— Quando o rapaz faz palestrinha de apoio às mulheres, mas não levanta um dedo pra fazer as tarefas de casa, sabe?

— Sei, claro.

— Sabia! Todo mundo tem pelo menos um na família.

Quantas mulheres?

— Quantas mulheres incríveis foram queimadas na caça às bruxas?

— Quantas mulheres livres são crucificadas na perseguição às putas?

— Quantas mulheres são estupradas no Brasil vestindo roupa longa ou curta?

— Quantas mulheres são estupradas no mundo vestindo burca?

— Quantas mulheres, até entenderem que é um problema cultural?

— Quantas mulheres, até entenderem que ser mulher não é nenhum mal?

— Quantas mulheres ainda precisam morrer se Joana D'Arc já morreu por nós?

— Mãe, rogai por nós, suas filhas!

— Por favor, não nos deixe sós!

SÓ PRA DESCONTRAIR

— Fulanete, você é bissexual?

— Sim, Fulanin.

— Você fica com meninos e meninas?

— Vai dizer que sou confusa, não sei escolher, e por isso fico com os dois?

— Não. Acho bonito você gostar das pessoas não pelo que elas guardam nas calças, e sim, pelo que guardam no coração.

— E quem disse que eu não gosto do que elas guardam nas calças também?

Yin ou Yang?

— Sabe o que é Yin e Yang?
— É aquele círculo divido no meio, um lado preto com uma bolinha branca e outro branco com uma bolinha preta?
— Exato. Na filosofia chinesa, Yin e Yang são polos opostos e complementares.
— Legal.
— Yin é representado pela cor preta e Yang pela cor branca.
— Yin fica do lado esquerdo e Yang do lado direito, certo?
— Isso. Yin é escuridão e Yang é luz.
— Yin é feminino e Yang é masculino?
— Sim. Yin é passivo. Yang é ativo.
— Assim como mandam os princípios...
— Não se preocupe, somos Yin e Yang, não um ou outro.
— Ufa!
— E embora tentem nos silenciar, não desistiremos até alcançar o equilíbrio.
— Sem Yang o que seria de Yin?
— Sem você o que seria de mim?

Xeque-mate

— Queria aprender a jogar xadrez.
— Eu também, amiga.
— Ouvi dizer que a rainha é a peça mais poderosa de todas.
— Mais que o rei? Mais que o bispo?
— Sim. Está nas regras. Eu não estou louca!
— Que máximo!
— Ela também pode se mover em todas as direções quantas vezes tiver vontade.
— Nossa! É muita liberdade...
— Né? Quem me dera ser livre desse jeito.
— É verdade que a rainha não pode pular nenhuma peça?
— Sim. Quem disse que ela precisa pular as outras pra alcançar a vitória?
— Verdade.
— Além disso, a rainha vale entre nove e dez pontos.
— Tudo isso? Quem me dera valer tudo isso pra sociedade.
— No jogo da vida estamos valendo bem menos.
— Triste realidade.
— Mas sabe qual é a melhor parte?
— Qual?
— A união faz a força. Todas contra o rei.
— Xeque-mate!

SÓ PRA DESCONTRAIR

— Terminou de ler o livro da Ana Lola, Fulanin?
— A garota que vivia numa torre de bolha?
— Isso.
— Poxa, muito triste.
— Pois é.
— Ela tinha tanto medo de sair de casa que se trancou no quarto pra sempre.
— A Rapunzel do século XXI.
— Você acha que a Ana Lola espera ser salva por um príncipe?
— Não. Acho que ela espera por um mundo mágico, sem monstros, onde não precise mais se esconder.

Viva às vovós!

— Precisamos resgatar a sabedoria milenar
das nossas antepassadas...

— Pra uma boa entendedora, meia palavra da Djamila basta.

— Vovó já dizia: mente vazia, oficina do patriarcado.

— Depois não adianta chorar pelo chá
de barbatimão derramado.

— É sabido que ao lado de toda mulher,
sempre há grandes mulheres.

— Não estamos aqui pra competir umas
com as outras, muito pelo contrário.

— As últimas serão as primeiras, pois é
assim que a igualdade deve ser.

— Importante lembrar que cão que
ladra morde. Não pague pra ver.

— Corre!

— Socorre!

— De machista e bobo todo homem tem um pouco.

— Ame-se! Permita-se sorrir de novo!

— São muitos ensinamentos passados
de geração em geração.

— Viva às vovós que moram no fundo do nosso coração!

Não somos todas iguais?

— É verdade que existem tipos de feminismo?
— Sim.
— Não faz sentido.
— Por quê?
— Porque feminismo é pra unir, não segregar.
— Existem diferentes vertentes porque ao longo do tempo foram surgindo diferentes lutas e posições ideológicas.
— Não somos todas iguais?
— Não, mana. Além de termos diferentes visões de mundo e de pensar o feminismo, estamos submetidas às mais variadas formas de opressão: de gênero, raça, classe, sexualidade, e por aí vai.
— Tem razão. As opressões sofridas pelas mulheres negras não são as mesmas sofridas pelas mulheres brancas. Assim como não são as mesmas sofridas pelas mulheres trans.
— Precisamos reconhecer nossos privilégios e reduzir as desigualdades.
— Afinal de contas, queremos a libertação de todas, não é mesmo?
— É sim. Sem exceção.

SÓ PRA DESCONTRAIR – O ÚLTIMO

— É aqui que a gente se despede.
— Quem disse, Fulanin?
— Você cumpriu sua missão, Fulanete.
— Que missão?
— Me tornei uma pessoa melhor, graças a você.
— Fulanin, a desconstrução não tem fim.
— E agora, o que faremos?
— Seguimos! Fico contente em ter você como aliade.
— A honra é toda minha.
— Até breve, Fulanin.
— Até breve, parceira.

Despedida

Chegou a hora da despedida.

Passou tão rapidinho.

Agradeço a todos que se aventuraram
nesse universo feminino comigo.

Foram tantas emoções!

E aprendizados...

Espero que Fulanete e Fulanin tenham
conseguido te fazer rir um pouquinho.

Nas vezes em que te fiz chorar, não foi minha
intenção. Contei histórias reais de mulheres fictícias.
E outras tão reais que parecem surreais.

Ser mulher na sociedade nunca foi fácil e ser mulher
na atualidade continua sendo um grande desafio.

Não é porque nadamos todas essas
milhas que podemos parar.

A igualdade de gênero é um oceano que
estamos só começando a navegar.

Uni-vas!

Reverência a uma deusa

A deusa da lua e da caça na mitologia romana.
Saiu das florestas, migrou para a cidade,
caça até hoje e nunca se cansa.
Caça o alimento para sobreviver. Caça seus ideais para viver.
Caça para os seus filhotes, caça até
para adulto que tem bigode.
Com sua flecha certeira na cabeça, no peito, na boca.
Nunca afoita, sempre na moita.
Sabe a hora certa de sair e de atacar. Todo dia é dia de caçar!
Com todo o respeito, uma mulher de peito.
É pau, é pedra, é tiro, é flecha!
Jamais se meta com uma deusa da floresta.
Seu conhecimento é milenar e ela
sabe muito bem como usar.
Nem louca, nem feiticeira, uma deusa!
Daquelas que são veneradas com
direito a estátua em museu.
Sempre luta para conquistar o que é seu.
Por ser uma divindade, tem o dom da
imortalidade: só melhora com a idade.
Ninguém sabe sobre o seu passado com precisão...
Mas conhecemos sua graça.

Sua força.

Seu poder.

Seu nome.

Diana, deusa da caça.

Mulher, com quem compartilho o mesmo sangue.

Mais conhecida como mãe, mamãe, mainha, manhê...

Obrigada por ser,

Amo você!

Agradecimentos

Quero agradecer a todas as minhas amigas que estiveram comigo durante a gestação deste livro. Esse parto não seria tão belo e humanizado sem vocês.

Agradeço às mulheres de todos os bairros, cidades, estados, países, continentes, planetas... Sinto-me fortalecida só de saber que estamos espalhadas em todos os lugares.

Em especial, à minha mãe, às minhas tias, às minhas primas, às minhas irmãs, às minhas avós, bisavós, tataravós, todas as minhas antepassadas que fizerem de mim quem eu sou hoje.

Aos homens da minha vida, meu pai, meu irmão, meu sobrinho e meu companheiro do coração.

A vocês leitoras e leitores que conseguiram chegar até a última página deste livro e não desistiram de mim. O meu bom humor foi o adoçante para a nossa dor.

Às mulheres da Coletiva Mamoeira pelo apoio na preparação do texto, quando este livro era apenas um rascunho que nem sabia o que se tornaria.

Às trabalhadoras e aos trabalhadores da Editora Letramento que abraçaram este projeto de corpo, letra e alma e me devolveram o direito de sonhar.

Somos todas viajantes das estrelas em busca da igualdade e da justiça.

Enquanto fizerem uma única mulher sofrer, morrer, sangrar, seguiremos nossa jornada material e espiritual.

Uma por todas e todas por uma...

Juntas até o final!

- editoraletramento
- editoraletramento
- grupoletramento

- editoraletramento.com.br
- company/grupoeditorialletramento
- contato@editoraletramento.com.br

- casadodireito.com
- casadodireitoed
- casadodireito

Grupo Editorial
LETRAMENTO